KB145561

마음속에
그린 그림

홍경훈 시집

시음사
시사랑음악사랑

QR코드 스마트폰으로 QR 코드를 스캔하면
시낭송을 감상할 수 있습니다

본문
시낭송
감상하기

제목 : 숨비소리
시낭송 : 박영애

제목 : 봄을 보낸 설움으로
시낭송 : 최명자

제목 : 미세 바람
시낭송 : 박영애

제목 : 음악감상
시낭송 : 최명자

시인은 자연을 이야기하고 시낭송가는 자연을 품었다
글자는 날개를 달아 언어로 날고 소리는 자연에 눕는다

시인의 말

인간은 누구나 마음속에 생각하는
희망사항 한두 개쯤 품고 계시리라
생각합니다.
이는 단순 생각에서 비롯된 게 아니라
자신의 마음을 담기 위한
하나의 삶 속에서 그 해답을 찾기
때문이지요.
즉 오늘의 어려움을 딛고 미래는 더
행복하게 더불어 좋은 사람들과 함께
살아야 한다는 굳은 의지이기도 하지만
필요한 건 세월일지 모르겠습니다.
세월이 사람을 무르익게 하고
세월이 사람을 탈바꿈 시키기도 하지만
얼만큼 의지와 충실한 마음가짐으로
살아왔냐입니다.
어려움 속에서도 치열한 삶을 살아 온
여기 글쓴이가 100여 편의 글을
여러분의 자문을 얻어 남기고자 합니다.
다소 어두운 면이 있더라도
이해 바라옵고 조금이나마 공감의
마음이 있으시다면 더없는
기쁨으로 간직하겠습니다.

시인 홍경훈

* 목차 *

* 목차 *

봄이 무르익는 소리

바람이 스치고 간 樹木마다
햇살이 머물다간 가지마다
초롱 초롱
봄 눈망울이 맺혀 있고

눈꽃마다
풀잎마다
대롱대롱
진주 이슬 무지개 꽃 피웠네

물소리
새소리
저 멀리서 들려오는
조무래기들의 힘찬 함성
메아리 소리

종다리 하늘 높이 노래 부르고
설레이는 처녀 가슴에도
그리움이 젖어 들면

풀 향기 그윽한 초원 저편 위로
봄은 점점 깊어만 간다

벚꽃

바람이 스미는 곳
봄 숨결이 가득한 강 둔덕에

4월 햇살이
눈송이 같은 하얀 꽃을
아름아름 피어놓고

티 없이 맑은 소녀처럼
활짝 웃고 있네

벚꽃 2

아~ 이 황홀함이여 싱그러움이여!
하늘이 빚어 놓았나
봄을 이야기하던 해님이 수놓았나?
너를 바라보는 내 눈이 시려
똑바로 볼 수 없구나

사뿐히 다가가 파르르 떨리는 네 입술에다
입맞춤하고 달콤한 속삭임으로
보고 싶었다 말할까

너를 향한 나는 짙푸른 하늘을 날으는
파랑새의 몸짓으로 네 품에 안겨
노래를 부르고 싶다 말할까

가만 가만 보드랍게 비춰진 내 손길 하나가
뜨거운 너의 감동을 불러올 수 있다면...

벚꽃 3

곱디곱구나
가지런한 매무새
바람의 숨결로 살랑대는 어깨너머로
가장 우아한 곡선의 자태를 뽐내는구나

이슬에 젖은 총총한 눈망울
수줍은 듯 나풀거리고
새로운 계절의 만남으로
네 모습은 한층 더
핑크빛 단꿈에 젖어 들었구나

향기로워라 감미로워라
너를 바라볼 수 있는 시간 속에 묶여
언제나 푸른 꿈을 함께
펼쳐 갈 수만 있다면

그리운 독도여

그립다 말하면 너는
한 발 더 가까이 와 있겠지
보고 싶다 말하면
추억 담긴 네 작은 소식 하나
전해 오겠지
수천수만 년의 세월 흘러
오늘에 이루는 동안
찢기고 또 찢기어
외세의 침략으로부터 도전과
억압 속에 자유마저 빼앗겨
상처만 남았음을 그 누가 모르랴
한 민족의 아픔과 고통을 함께해 온
너는 이 나라의 진정한 파수꾼
제일 먼저 동해의 아침을 여는
자랑스런 우리의 땅 우리의 미래
굳건한 마음으로 한 시대를 건너왔듯
이제 너를 지키며 또 한 세대에 남을
새로운 길을 향해 다시 시작하자꾸나
결코 잊지 못할 아물지 않는 상처
다시 있어선 안 될 굴욕적인 역사 앞에
우리 모두 경각심으로 하나 되어
새 천 년의 꿈을 향해 나아 가자꾸나
영원한 이 나라의 번영을 위해.....

갈대

그리움이 빗물이어도 좋습니다
사랑이 눈물이어도 좋습니다
오직 한 줄기 바람으로
그대 곁에 다가갈 수만 있다면
푸시시 미소 짓는 새하얀 마음으로
소심한 이 마음을 전하렵니다.

방울새

방울새 방울새
작디작은 그 여린 새
어디로 갔나
내 창가에 와 지저귀며
아침을 열어주던 작은 새
내 마음을 읽어주던 나의 친구

달이 가고 해가 바뀌어도 보이지 않네
나부끼는 북풍에 이끌려 떠나갔나
새 보금자리 찾아 남쪽 나라로 떠나갔나
언제나 정겹게 찾아주던 나의 작은 친구

꽃 피는 봄날이면 다시 오려나
녹음 짙어지면 다시 찾아오려나
가엾은 작은 친구
오늘도 그립고 보고 싶어라.

어항 속 물고기

한때는 너도 치열한 경쟁 속에
생을 살았으리
푸른 바다를 평정하며 가장
아름다운 삶도 누렸으리
아직도 포기하지 못한 꿈이 있다면
그것은 환상일 뿐
일말의 미련도 없는 이 길을
너 스스로 돌고 돌아왔다
이제 남은 건 한때
푸른 삶의 흔적이라도 새겨놓아
지우는 일
어떤 누군가의 쾌락을 위하여
희생하는 일이 네 일생이었는지
기고한 네 운명이 서글퍼진다.

조반

이 한 숟갈의 조화로움
이 한 숟갈의 연이어
곱씹어 보는 즐거움
나 홀로 정성 들인
단출한 아침이지만
마음으로 먹고 보다
진솔한 맛을 음미하니
황홀 그 자체가 아니랴

단 한 번 긍정의 힘은
순간의 분위기를
최고조로 만들고
세상을 향해 나아가는
에너지가 되니
오늘도 나는 가장 멋진
아침 반을 맞이해 본다.

세월

꽃이 피는 줄만 알았지
꽃이 지는 줄을 몰랐네

계절이 오는 줄만 알았지
계절이 뒤바뀐 줄 몰랐었네

새소리 풀벌레 소리 고요해지고
북풍이 시작되면

이 한해도 다 저물어가
내 생에 아로새김만 남누나

일생

울고 웃고 절망하고 희망하고
성취하며
처절하게 가는 게 인생이라면
아픈 이 시간의 삶 또한
거스를 수 없는 운명인 것을

벽

내 운명의 여정 앞에
시시때때로
너는 나를 가로막았다
하지만 나의 굳센 의지로
겹겹이 가로막힌 너를
짓밟아 뛰어넘어 온전히
재삼 세계로의 길을 지향하며
나는 오늘도 간다.

파도

그렇게 그렇게 수만 년을 건너왔듯
제 한 몸 던져 오랜 세월
평정을 지켜 올 생각이었다면
바다는 얼마나 아픔도 감내했으리

부딪쳐 시퍼렇게 멍들어
조각조각 포말만 남는다 해도 온전히
수만의 생명을 품은
천길 물속보다 더 깊은
어머니 마음으로 오늘에 이르렀으리.

사랑은

사랑은
가장 위대한 것
가장 영롱하고 아름다운 것
마음에 와닿는 최고의 행복을
꽃 피운 그 것이리...

00초의 빙속을 열어가는 사람들
(올림픽 꿈의 전사들)

길이 아니어도 좋다

산이 가로 놓여도 좋아

이 능선을 넘고 넘으면 하이얀

대 설원의 고지가 투명하게 물들여 오겠지

오직 한뜻의 마음으로 그 얼마나 나는

오늘을 기다려 왔던가

부서지고 찢겨지고 청춘을 송두리째 내걸어

단 하나 목표目標를 향해 여기까지 왔다

나는 누구도 흉내 낼 수 없는 바람의 전사

시속 300㎞ 속도로 돌진하는 송골매처럼

아득한 빙점을 향해

오늘은 궤적軌跡의 초 인간이 돼 보리라

긴 시간 내 모든 걸 다 바쳐 쌓아 올린

천연天然의 금빛

가슴 가득 안고 환희에 젖어 보리

오- 나의 마음 읽어주실 행운의 신이시여...

숨비소리

아무도 갈 수 없다고 했던 그곳에
상군 그 해녀들이 있었다
수심 12~18m 자칭 이승과 저승 사이
턱밑까지 차오른 긴 한숨을 토해내며
그들은 반복적으로 심해를 드나든다

깊이만큼 굵고 탐스런 전복이며 소라
해산물이 망사 가득 따 올려지고
바다가 주는 풍요로움으로 그녀들의
입가에도 미소가 간간하다
오늘은 용왕님께서 특별이 많은걸
허락하셨단다

바다를 숭배하고 어머니 마음처럼
따뜻한 사람에게만 건네준다는 최고의 선물
아들딸 출가하고 윤택한 생활 이루기까지
곡절 많은 세월 보냈단다

주는 만큼 만족하며 살아간다는 그 바다
탐라 여인들
오늘도 물속 깊이 가라앉은 전설의 섬
이여도를 부르짖으며 용왕성을 드나들고 있었다.

제목 : 숨비소리
시낭송 : 박영애
스마트폰으로 QR 코드를 스캔하면
시낭송을 감상할 수 있습니다

아버지란 이름으로
(한 아버지 고적한 삶을 보며)

지금 창밖에는 하나둘 낙엽이 휘날리네
이 낙엽이 지고 나면 계절풍이 드세지고
눈 내리는 겨울도 성큼 다가오겠지
숨 가쁘게 달려온 나날들
얼마 안 남은 한 해를 뒤돌아보며
마음도 쓸쓸해 멀리 떠나온 세월만큼이나
아쉬움도 크겠지
한 시대를 다시 보내며 옛일들을 그리워하는 건
아련한 추억 때문일까
지워지지 않은 한낱 애증愛憎 같은 것일까
황금黃金같은 청춘을 보내고 중장년을 맞으면서
마음까지 나약해 용기도 힘도 희망의 꿈도
모두 멀어져 간 자리 흔들리는 마음은
갈대와도 같구나
다시 마음을 가다듬어 주어진 작은 사명감이라도
다 하려 하면 따라오지 못한 시대란 벽이
가로 놓여 일보 전진도 가늠키 어려운 현실 속에
나는 다시 방황하고 있었네
어디쯤 가야 내가 찾던 오아시스를 만날 수 있을까

이 거친 사막 위에서 내가 살아가야 할
방법이란 무엇일까
생각하면 할수록 어둠만 밀려오는데
정작 내 마음을 더욱 아프게 하는 건
사랑하는 가족 아들딸
지금은 어디에서 어떻게 살고 있을까
의연하게 행복하게 살길 소망하며 한 치도 흐트러짐
없이 부끄럼 없는 아버지가 되려 했는데 더 이상
희망을 줄 수 없는 무능한 아비가 되어 어디
그 애들 이름이라도 불러 볼 수 있겠는가
가여워라 다음 생에나 만나면 가족 부자지간이 아닌
좋은 인연으로 만날 수도 있으련만
찢어지는 마음 다시 새겨보며
그래도 사랑한다고 못난 아비와 인연이 돼 주어 고맙다
전하고 싶지만 누가 이 마음 대신해 줄 수 있으리
얽히고 얽힌 복잡한 마음 가다듬고 나는 또
어디로 가야 하나
바람 부는 데로 물결치는 데로 흘러가야 하나
짙게 물든 가을 하늘 아래 뒹구는 낙엽만
멍하게 바라보고 서 있네...

가을 향기 1

가을이 오면 가을이 오면
더불어 결실과 내 마음속 간절한 내 꿈도
영글어 오리
지난날 열망하던 무지갯빛 작은 꿈들이
모여모여 환한 그 빛으로 물들어 오리

가을은 사랑도 무르익는 계절
멀리서 들릴듯한 그의 목소리
쾌적한 이 마음 실어 보내면
가을빛 향기 어린 그대 되어
눈부심으로 다가오기 때문

가을은 꿈이 낭만 되어 찾아오는 계절

가을 향기 2

가을
이 빛깔 이 향기
가슴 가득 안겨 오는 정겨움
이 아침이 즐겁고 상쾌함은
떠오르는 태양과 나를 향해 환한 모습으로
미소 짓는 그 사람이 그려지기 때문

마음도 여유로워 내일이 또 기다려 짐은
마음에 심은 한 톨의 씨앗이 자라
결실의 풍요로움으로 다가오기 때문
가을은 가을은 꿈이 현실로 완성하는 계절

마라도

내 고향은 남쪽 바다
보름달 같은 둥근 섬

넘실대는 푸른 물결 위
갈매기 떼 날으고
연락선 고동 소리
푸른 꿈 희망 실어 나르는 곳

그리워라
오늘도 수평선에 노을이 붉게
물들고 파도가 춤을 추겠지
미역 따고 소라 따는 해녀들의
희망 노래 구성지겠지.

세상을 엮는 사람들
(바리톤 소프라노)

근엄하게 들리는 저 목소리는
하늘이 내린 천의 목소리
누구도 흉내 낼 수 없는 최고의 화음
그들을 단순한 예술의 魂이라 일컫지 말라
그들은 천상으로부터 부름받아 스스로를
갈구하며 세상을 하나로 엮는 매개체 역할을
해 오지 않았던가?
복잡한 사회 구조 속에 일탈을 꿈꾸는
사람들로부터 정신적 지주가 됨은 물론
마음의 평정심을 갖게 하므로
극치의 아름다움을 겸비한 일명
가장 친화적인 자연의 소리는 아닐까?
잠시라도 마음속에 짐 하나 내려놓고
저 함성을 음미해 보시라
그 속에서 세상을 향해 나가는 길이 있고
순간 나를 밀어주는 힘이 불끈 솟아오르니
가시적 삶의 방향을 가리키는 이정표라
어찌 아니 하리
가장 낮은 데서 가장 높은 곳으로 울려 퍼지는
저 소리가 오늘도 세상을 향해 하늘을 향해
또 다른 지평을 열고 있다.

자연의 일원이 되어

깊은 밤 꿈속을 휘돌아다녔지
하늘을 날으는 짜릿한 환상을 느껴보았지
천상 열차를 타고 야릇한 재삼 세계의
묘미를 만끽 해 보기도 했지
가는 곳마다 눈부시게 펼쳐진
대 자연의 세계
그 속에서 나도 일원이 되어 노래를 불렀지
내 마음속 영원한 소망 하나
꿈이 이루어지길 천주님께
간절히 기도드리기도 했었지.

마음속의 동요

토요일 아침
출렁이는 물결 속에 내 마음 실어
어디론가 흘러간다
바람은 산들바람
뭉게구름이 쓸고 간 자리마다
파란 하늘
잇대어 작열하는 태양이 눈부시다
짙어진 녹음
풍경 소리로 다가와 반복적으로
펼쳐졌다 사라지곤 하는
심취한 경이로움
내 마음을 파고든 환상의 그림자
가만가만 어루만져 보는 낭만주의
오오 아름다운 오늘이여!

오늘 그리고 내일로 가는

어제 보이지 않은 어느 곳에서
어둠이 밀려오고 이내
그 어둠은 밤새 울며 몸부림치다
또 다른 새벽을 몰고 왔습니다

아마도 이 아침을 맞기 위해 밤은
그리도 심한 몸살을 앓았는지
모를 일입니다

이렇듯 우리의 삶도 미래를 위한
일보 전진과 후퇴를 반복하며
변덕의 일환으로 이어져 가는
자연의 원리는 아닐까요?

무언가를 얻으려면 그만큼
자신의 희생과 각오도 뒤따라야
한다는 기본 원리 말입니다
어느 것 하나 쉽게 쉽게 다가갈 수 없고
거저 얻어지는 건 없겠지요

심은 대로 거둔다는 평범한 진리를
다시 생각해 봅니다
차근차근 뜻한 대로 생각 한 대로 잘
이어져 가는 우리 모두가 됐으면 합니다

여름으로 가는 길목입니다
저마다 또 하나의 내일을 만나기 위한
희망의 꽃을 심어 꽃이 필 날을 기다리는
차분한 마음의 자세를 가져봄은 어떨까요?
살며 사랑하며 아픔이 없는 미래를
보장받는 삶이 이어졌으면 좋겠습니다.

선증, 조, 부모님, 형제 가족 묘원 조성하던 날

5월로 가는 막 닿은 길목

오늘은 햇살도 고와라

바람도 향기로워라

평생 숙원이던 선증 조 부모님

부모님 직계 형제분들

한 날 한 지번 위 동시에 뫼셨으니

이보다 더 좋을 수가 있으랴

수수 십년 혹은 한 세기를 훌쩍

넘겨 오는 동안 나 홀로 지내셨을

님들이시기에 여기

자자 손손들이 모여

예를 다 함으로 뫼시오니 부디

저세상에서나마

평안 홍복 하소서...

봄 바다

이산 저산 누리 곳곳마다 초록 속
휘황하게 연등 매달아 놓고
출렁이는 물결 저만치서 사랑도
무르익어 가네

인연의 꽃

어여쁘다 혹은 매혹적이다 향기롭다
이시간 이렇게 적는 문장 하나가
어느 공허한 사람의 메시지가 되어
함께 마음을 나눌 수 있는
공감의 글이 될 수 있다면

내 뜨거운 마음이 화살처럼 날아
누군가에 닿고 그 사람으로 하여금
잔잔한 감동의 물결이라도 일으킨다면

너는 꽃이 되고
너를 바라볼 수 있는 나는
벌 나비가 되어 영원한 하나의
인연의 꽃으로 남을 수 있으련만

봄을 마주하며

해마다 이맘때면 사뿐사뿐
연중 한번 오는 봄을
봄이란 의미意味 조차 몰라
그냥 보내고 말아
마침내 지금에야 깨달았으므로
찬란한 이 봄을 어디에다 쓸 것인가
생각이라네

가벼운 마음으로 눈부신 태양을 마주하고
들릴듯한 생동감에 귀 기울이며
푸근한 봄 향기 속으로 내 마음도 따라
나래를 펴 볼까나 무릇

남녘에서 들려오는 꽃 소식이
육중肉重한 도시를 물들일 때
얼었던 내 마음도 꽃은 피어
꿈의 봄을 맞으려나

겨울을 건너온 가지마다
가장 순한 떡잎이 돋아나듯
모든 사람들의 마음에도
희망이 샘솟는 이 봄을 나는 붙잡아
참다운 동무가 되리
순결한 마음으로

너와 함께
(결혼 예식을 보고)

너는 어쩔 수 없는 나의 운명
내가 너를 선택했듯
너 역시 나를 이해하고
한 사랑으로 따라 주었구나

우리가 가야 할 길 멀고도 먼 길
비바람이 몰아친다 해도
가시밭길 천 리 암흑 속이라 해도
우리 함께라면 외롭지 않으리

하나뿐인 나의 사랑 나의 분신이여
세월 가고 한 세상 다하는 날까지
너와 나 결코 흔들리지 않으리

한 시대를 살아온
우리의 뜨거운 날들
자랑스러웠다 말하리
나의 사랑 나의 연인이여

무인도

수평선에 해가 지네 달이 뜨네
밀물처럼 밀려오는 외로움은
내 마음의 표상인가
부서지는 파도는 슬픈 서곡의
몸부림인가

아득하여라
생각하면 할수록 구름처럼 흩어지는
한 줄기 희망
내 마음속에 육지는 꿈속에서나
회로 하랴

깊어가는 이 밤 별들도 잠이 들고
달마저 기우는데...

오늘 하루

오늘도 지구촌의 큰 그림 그려 보며
당신은 미래를 쌓고 계십니까?
한결같이 반복되는 일상으로부터
최고의 묘미妙味를 만끽하고 계십니까?

누구에게나 공평하게 주어지는 하루
익숙한 것들로 짜릿함을 맛볼 수도 있지만
때론, 적지 않은 어려움도
뒤따르리라 생각합니다

시시각각 변화變化하는 날씨처럼
당면한 일도 사명감도 변화 일색임을
부인 못 하는 게 현실입니다
하지만 치명적致命的이거나 그게 다는
아니겠지요?
어떤 상황에도 대처할 수 있는 마음의 자세
즉 힘의 논리도 필요치 않나 생각합니다.

긍정은 긍정을 낳듯 장밋빛 환한 마음을
늘 가슴에 묻고 스스로를 믿어 봄은
어떠할는지요?
어렵게 어렵게 여기까지 왔듯 역시
집념執念의 마음으로 목표를 완성해 감은
그 누구라도 부러워할 짜릿한 환상임에
분명합니다

오늘 하루도 가는 걸음마다 행운이
가득하시길 빌어보며
당신도 성공 대열에 함께 하십시오.

기원하는 마음

당신은 보이지 않은 나의 신
나를 움직일 수 있게 하는 하나뿐인
나의 스승
언제나 당신께서 주시는 진지한 깨달음으로
오늘을 열고
당신께서 주시는 사랑의 힘으로
날마다 나는 성숙해져 갑니다

이토록 크나큰 깨달음을 주시는 나의 신
나의 스승이시여
어느 곳 어디서라도 당신의 힘만을
믿습니다

찬란히 비치는 태양처럼
밝게 투명하게 다가올 시간들이
또 하나의 등불이 되어
반짝이게 하여 주소서
거룩한 나의 믿음 나의 스승이시여

꽃 중의 꽃

너만큼 나를 투명하게 바라보는 이
있었을까?
너만큼 나를 올곧게 바라보는 이
있었을까?

진솔한 마음으로 나를 지켜보듯
너를 향한 내 마음도 영롱한 얼굴로
지켜본다

세상에나
이렇게도 우아한 모습이 또 있을까
보면 볼수록 너에게 빠져드는 진정한 너는
꽃 중의 꽃

향기로워라
오늘은 굳게 잠긴 너의 문을 열고
찬란한 열두 곡선을 뛰어넘어
내밀한 너의 세계마저 정복해 보련다

화려한 그대 이름만큼이나
내 마음에 와닿는 가장 고귀한 너의 선물은
슬픈 전설로만 남을까
아니 내 영혼 속에 깃들어 올까?

늦가을

보았습니다
그제 밤에도 어젯밤에도
성난 바람이 순진한 나뭇가지를
마구 흔들어 대는 것을

나무는 말이 없었습니다
시도 때도 없이 찾아와 행패를 부리는
바람이 야속하면서도 늘상 겪는 일이라
그러려니 하는 모양입니다

언제부터 이 연약한 약자를 흔들며
평화를 깨뜨렸을까요?
더 이상 두고 볼 일만은 아닌 듯합니다
맞불을 넣던가 따끔한 경고라도 주는 것이

쉽게 쉽게 해결될 일은 아니지만 좀 더
두고 보면서 방법을 찾아보는 것도
순서가 아닐는지요
함부로 접근하다 역효과라도 생긴다면
걷잡을 수 없는 광란을 일으킬지 모르니까요

그게 좋을 듯합니다
때는 한참 화가 날 늦가을이라는데 문제가
있는 듯합니다
독을 품은 바람이 또 어떤 횡포를 부릴지
아무도 예측할 수 없으니까요.

늦가을 2

그대 머무는 곳에 햇살도 고와라
바람도 향기로워라

멀리 아주 멀리서 실바람 타고 떠나온
가을이여

그대 머무르는 동안 세상은 풍요로워
애틋한 그대 생각
또 저만치 멀어져 갈 때면
내 마음도 흘러 어디론지 떠나가고파
오늘도 그대 곁에 서 있네

그댈 보내고 말 빈자리
행여 허전함으로 채워질까
아픔이 될까
가는 발걸음도 천천히 아주 더디더디게
가 다오.

늦가을 3

오늘 두 얼굴을 가진 산을 보았습니다
전에 보았던 울울 창창하던 그 산이
아니었습니다
정수리는 울긋불긋 물들여 곱게 단장하고
나무들은 살랑살랑 춤을 추며 걸쳤던
너울마저 하나둘 떨쳐 버리고 있었습니다

어디 그뿐이겠습니까?
모조리 벗어 알몸이 된 나무가
한둘이 아니라는 점입니다
강압적으로 누가 시켰거나 스스로를
깨달음의 경지로 가는 의례인지도 모를
일입니다

자의든 타의든 문제는 곧 닥쳐올
엄동설한이지요
코앞에 선 이 겨울을 잘 건널 수 있을까 의문이고
그 많은 나무들이 혹여 고사라도 생긴다면
어쩌나 염려가 되기 때문입니다
어디 좋은 의견과 방법을 찾고 있습니다.

비 후염

너였구나
묻지도 않고 허락도 없이
내 몸 한쪽을 침투하여
함께 동거하고 있었던 게
그동안 너의 집착으로 빚어진 고통이
얼 만큼인지 알고 있으렸다

시도 때도 없이 나를 괴롭혀 눈물
잦게 하는가 하면 때때로
고통을 가하여 옴짝 못하게 만들고
자유로운 생활마저 구속되어
제한적인 생업을 할 수밖에 없었음을

나를 무단 침투한 것처럼 그동안
스스로 물러가길 달래고 달래며
최선책을 동원했지만 너는 끝내
외면했고 선택의 여지없이 최후
방법의 하나로 칼을 들이댈 수밖에
없었지

지금 생각해도 후회는 없으며
남의 속을 파고들어 해하는 어떠한
행위도 다시 있어서는 안 되며 너와 나
이 평화가 영원히 지켜지길
바랄 뿐이다.

추석날 아침

오늘은 한가위 추석 명절
지하 잠들어 계신 조 부모님, 부모님
한자리에 모셔 평탄함을 아뢰고
풍년을 告 하며 햇곡식과 햇과일로
정성 들여 제사 지내는 날
(紅 東 白 西 魚 東 肉 西)
(果 菜 肉 煎 메)

정갈하게 쌓아 올린 제상 위에
가지런한 제물들
무엇이 이보다 아름답고 풍성하리요
바라만 보아도 저절로 미소 짓게 하는
전례의 유교 사상
가족 간에 만남 그리고 덕을 상징으로
복을 나누는 특별한 자리

물을 건너 산을 넘어 선조님들 오셨을까
꿈속에라도 뵙고 싶은 존경하는 어른들
마주 앉은 제상 앞에 나는 무엇을 꿈꾸며
무엇을 갈망한다 말하리까
아직도 할 일이 많아 넘어야 할 고지도
많은데 전진도 후퇴도 없는 뭐
그렇고 그런 삶
그저 평탄하다 말하리까
더도 말고 덜도 않은 한가위만큼

풀

오늘일까 내일일까
수많은 날들 오가고
이 밤도 바람마저 수선한데
고달픈 이 한 몸
어디에다 기대어 또
긴긴밤을 지새울까

동녘 하늘 저 멀리
먹구름이 몰고 오는 동풍으로
따라 님은 오시려나
그립고 그리운 이 마음
새가 되어 그대 곁에
날아 가고파...

추억의 바다

그 바다는 내 유년의 초상
그 바다는 어머니 품속 같은 그리움

삼라 북서쪽 끝자락 오직
물결로만 차오르던 자구네 포구
썰물 져 가는 파도에 몸 실어
섬을 오가며 우리들은 나 어린
강태공이 되곤 했지

아득한 차귀 섬을 바라보며
희망이라 부르곤 했었지
아 추억 어린 그 바다
정겨움이여
옥빛 물결 눈부심이여

마주 보는 섬들도 포구도 잘 있는가
수십수년 지난 지금
이 마음 한 자락 그리움 담아
불러 보누나

여름 나무

네 마음속엔 사랑 오직 그뿐이구나
7월 찌는 듯한 무더위에도 아랑곳
않고 작고 더 미물의 생명들을 위한
조건 없는 자신의 품을 내어 주어
쉼터가 되고 있으니
이보다 더 큰 사랑이 어디 있으랴

이따금 더위에 지친 텃새 멧새가
노닐다 가고 여름을 노래하는
매미들의 대합창이 허공을 가를 때
바람도 해님도 가지 끝에 머물다
곤한 잠에 빠져
여름 한낮은 고요하기만 하다

이것이 너의 작은 소망이었나
베푸는 사랑의 행복이었나
머지않은 그날 네 꿈도 가득한 기쁨
담아 무르익어 가리

흐르는 사랑

흐르는 것이 물이라면
사랑도 흐르다 어느 지점에 이루러
맑고 잔잔한 호수를 만드는 것
물고기처럼 유유히 노닐며
또 하나의 큰 사랑 생명을 잉태하는 것
가장 아름다운 순간들을 낳고
행복을 낳고 미래를 만들어 가므로
세상 모든 평화를 이어 가는 것

노송

너의 모습 고고 하구나
의연하구나
한 세기를 훌쩍 넘겨 오는 동안
예견치 못한 희비喜悲의 역사 속에
오늘을 살아왔으리

외세의 침략으로부터 나라를 잃은 설움
전쟁의 포화 속에서 굳건히 지켜온
강직한 의기意氣 이 모든 게
스스로를 위한 길만은 아니었으리

아픔이 교훈이 되고 역사가 상처로 남았다면
이 나라를 위한 다시 한 시대를 열어가는 일
세상사가 그러하듯 마음과 마음들이 모여
새로운 시대를 열어갈 수 있는 길이
우리가 나아갈 방향方向이라면

이제 주저해서는 안되리
자만自慢의 시간과 의식意識속에서 다시
한恨 세월을 보내서도 안되리

51

산정에 서서

아— 이 평화로움이여
그림 같은 절경이여
꿈속에 젖어 드는 것 같아라

바람과 구름 해와 달이 어우러져
이 광대한 자연을 쌓아 놓았나
이 나라를 세우신 단군의 역량으로
축복의 대 절경을 만들어 놓으셨나

산과 산 구릉과 계곡을 이어가는
눈앞에 펼쳐진 온갖 풍경의 신선함을
금수강산이라 했던가

바라만 보아도 탁 트인 가슴
설레이는 내 마음이 마치
신선이 된 듯 황홀하여라

일찍이 선열들께선 이 경이로움을
어떻게 표현하며 살았을까
한없이 가슴에 와닿는 오묘한
입체적 대 자연을

팍팍한 세속을 벗어나 누구나 한 번쯤
산정에 서서 느껴봄 직한 이 자연을

예부터 최고봉에 선 사람을
신선이라 했으므로 일순간 누구나
신선이 되어 세상을 관망해 보면
어떠하리
다시 이어 나갈 푸른 역사를 위해

너를 기다리며

만남 오늘 기다림의 이 시간
너를 생각하며
한때 뜨겁고 적요寂寥로운
너의 생을 더듬어 본다

아직도 끝나지 않은 지독한
고독으로부터 너를
해방시킬 비결은 어디에 있는 걸까
하나뿐인 생을 모험하듯
낭떠러지를 걸어가는 심정은
무엇을 의미意味하는 걸까

진정한 삶을 위해 우리가 함께
나아갈 방향은 또 어디까지인가
각자 주어진 위치에서 서로를
비추어 봐도 어둡기만 한데

생은 그런 거라고
아무도 예측할 수 없는 시간 속에
흘러가다 한순간 낙엽처럼
지는 거라고
그 누군가는 말했었지

오늘 만남의 이 시간이야말로
어쩌면 생의 가장 아름다운 순간이며
큰 틀의 금자탑을 쌓는 일이라고

그러므로 우리가 분명
헤아릴 수 있는 단 한 가지
내일 종말終末의 지구가 온다 해도
오늘의 사명감使命感을 다 하는 일
시나브로 미래를 향한 또 하나의
희망을 심는 일은 아닐는지.....

사랑 너를 찾아

때론
내가 나인 것이 부끄러워
내가 나인 것이 흔들릴 때가 있어
오늘은 불 꺼진 너의 창을 두드린다
사랑 너는 어디 있느냐
곱디고운 너의 손길로
스러져 가는 나를 붙잡아다오
구름 속에 얼굴 내민 태양이 미소 짓듯
너의 이름으로 한결
내 마음도 자랑스러워질 때까지

봄을 보낸 설움으로

제목 : 봄을 보낸 설움으로
시낭송 : 최명자
스마트폰으로 QR 코드를 스캔하면
시낭송을 감상할 수 있습니다

봄은 그렇게 그렇게 가고 말았습니다
풀지 못한 마음 한 자락
실타래 같은 고뇌만 남겨 두고
오뉴월 태양 아래로 떠나보냈습니다

첫정에 얽힌 가슴 아픈 사연들
채 잊기도 전에
가냘픈 한 톨의 씨앗도 못 심어 놓은 채
봄을 보낸 설움
밀려오는 아쉬움이 죄가 되어
상처만 남기고 보냈습니다

이제 남은 건 또다시 맞을 새로운 계절
여름을 준비해야만 합니다
아픔으로 봄을 건너왔다면
이 여름은 최대의 순간들을 맞이해야 할
차례입니다

한 계절이 주는 새로움이 희망이 되듯
최고의 순간을 이어 갈 절대적 과제라면
한 톨의 사랑부터 심는 일입니다

시간이 흘러 다가올 축복의 가을 겨울
다시 올 봄을 위하여
나는 오늘 한 톨의 씨앗부터 심으렵니다.

봄 아가씨

이른 한철 봄 아가씨
이리저리 휘적이며 다니다
매화나무에 눌러앉았네

매화꽃 붉게 붉게 꽃물 드려 놓고
그 품에 안겨 그 향기에 취해
사르르 잠이 들고 말았네

중천에 해님은 방긋 웃음 짓고
바람은 소슬히 잠 깨우는데
봄 아가씨 단꿈에 젖어
일어날 줄 모르네

봄 아가씬 꽃의 요정인가 봐

용두암

지금도 들리는 듯하다
한때는 천하가 진동했을 듯한
우람한 체형 우렁찬 소리
하늘로 오르지 못해 몸부림치던
변신의 귀제貴帝
과연 느낀 그대로 세상에 둘도 없는
위엄스런 용龍이 틀림없도다
그토록 갈망하던 승천昇天의 뜻을
이루지 못해 이 바닷가에 형상으로
남기까지 수많은 사연과 문명 속에
오늘에 이르렀으리
과거를 잊고 아픔도 잊어 이젠
너만이 가야 할 또 다른 생 앞에
의연함으로 세상을 바라볼 일은 아닐까
희망 실어 꿈 실어 이 고장 사람들에게
다시 새천년 평화의 메시지 담아
옥황상제님께 고해 봄은 어떠하리

* 용두암 : 제주시 용담동 해안가에 있는 용의 형상

절부암

해가 지네 달이 떴네
오늘도 하루가 또 갔네
이제나저제나 오직 당신만을
기다리는 이 마음
우리 님은 알고 계실까?

만선의 깃발 올리어 돌아온다던 님이
하루가 가고 열흘이 지나
달이 가고 해가 바뀌어도
소식조차 없네

풍랑이 길을 막아 못 오시나
안개가 길을 막아 못 오시나요
오늘도 애타게 당신을 기다리는 이 마음
눈물로 애원하며 불러 봅니다

당신은 어디에 있나요
어서어서 돌아와 주세요

*절부암 : 제주시 한경면 용수리 작은 포구 해안
고기잡이 나간 남편을 기다리다 조난 사실을 안 부인이 절벽
나무에다 목을 매 남편을 뒤따라갔다는 슬픈 옛날이야기.
지금도 선명한 비문이 있을 뿐 연대가 분명치 않음

억 새

어느 영혼의 몸부림인가
누굴 향한 부르짖음이 저토록
애절하게 다가오는가

온몸을 다해 표현해 보는 간절함이
이룰 수 없는 사랑
그것으로 끝나 버렸단 말인가
안타까워라

청춘도 가고 사랑도 지고 나니
온통 상처뿐이구나
가엾은 네 마음
그 누가 달래주리

겨울나무

저 나무 푸르게 푸르게
한 시절 싱그러움을 더하며
뭇사람들에게 그늘을 내주더니
가을을 보내고 한겨울을 맞으면서
깊은 명상에 잠겼나
아니 참선하는 마음인가

단 하나의 너울도 모두 벗어 버리고
벌거숭이가 되어 미동도 없구나

이따금 심술궂은 바람이 몰려와
흔들어 놓고 가도
뼛속까지 스며드는 강추위도
아랑곳 않고 오직 다시 올
봄만을 기다리는 네 마음
애처롭기만 하다

어디 아픔 없이 세상을 살아갈 수
있으랴만 일관된 네 마음은
봄이 오면 다시 또 부푼 꿈에 젖어 들겠지
힘차게 희망차게 하늘 향한
푸른 나래를 활짝 펼쳐 가거라

삶은

삶도 때론 지루할 때가 있어
아기자기하거나 멋있는 생을
동경할 때가 느껴져 한 번쯤
내가 아니라 위풍당당威風堂堂
천하를 거느린 다른 사람의 몸으로
내 마음이 아니라 다른 사람의 마음으로

바꾸어 가며 사는 생이라면 어떠할까?
흥미로운 일이 아닐까
생각하면 할수록 가상스런 일이겠지
천지님께선 미쁘다 여기실까?
뒤바뀐 운명 앞에 굴곡을 뛰어넘은
또 하나의 삶은 가히 낭만적이라
할 수 있겠지

생각만 해도 유쾌해지는데 세상사 뭐
아름다운 세상이라 하지 않았던가
예외 없이 누구든 쓰고 단맛을 경험하고
생을 한층 가볍게 살 수 있는 삶의 내면
이 공평한 삶을 누가 싫다고 저 버리랴
돌고 돌아가는 인생
나 자신부터 원하고 있음이니...

63

시처럼 음악처럼

이 세상 모든 것이
아름다움으로 비쳐지고
새로운 희망으로 다가와
어둠을 멀리할 수 있다면
너는 향기를 더해주는
한 줄의 시가 되어라

나는 리듬 타고 흐르다 흐르다
바람의 아들이 되어 어느 날
네 곁으로 가리니 그때가 한 쌍의
조화로운 만남이 되지 않겠는가?

명정明淨한 우리의 하모니는
작은 감동으로 전해지고
미래로 가는 길에 또 하나의
등불이 될 수 있다면
우리의 소명疏明도 다했다 하리

그러나 스스로 지켜나갈 과제들을
되뇌어 보며 마음으로 우러나는
진실과 정열이야말로 영원토록
사랑받는 존재가 되리

시처럼 음악처럼 2

나는 세상을 몰라
생의 깊음을 알 수 없어
빈 그루터기 바람만 몰아치는데
어찌할까?
내 마음 풍선 되어 고요한 밤하늘을
날고 있는데
누가 알아주랴
목마른 사랑의 이 마음을
붙잡아 줘 흔들리지 않도록
너와 나 함께 가는 거야
멀리멀리 이 세상 끝까지

깨달았네

바람 불고 눈 비가 내린 지난밤
나의 마음 훑고 간
그 고독의 소용돌이
그 소용돌이 가고 나서야 알았네

끝내 침묵하던 나를 덧 깨우는
회오리였음을

그 눈 비가 나에게 목마른
사랑과 같은 생명의 빗줄기였음을
나는 깨달았네.

등용 문(登龍 門)

누군가는 이 문을 박차고 앞으로
나아가야 할 문
외나무다리를 건너가듯 단 하나의
진로 앞에 선택의 여지가 없는
철鐵의 장막帳幕

이 장막을 해치며 해치며
누군가는 저 넓은 세상으로 나아 갔으리

가도 가도 끝이 없는 사막沙漠의 요람에서
오아시스를 찾아 헤매이는 낙타처럼
또 누군가는 방향조차 잃은 채 헤매고 있을
고독한 문명의 문 운명의 문

애처로워라
생은 끝없이 흘러가는 데서
비롯된다 했는가?

아프고 살며 사랑하며

세상에 슬픔 없이 태어난 것 있을까
세상에 눈물 없이 태어난 것 있을까
새도 알에서 깨면서부터 우짖고
맹수들도 태어나자마자 울음부터
우는가 하면 사람 역시 컴컴한 어머니
뱃속을 나오자마자 으앙 하고
울음부터 우는 것을

살면서 마음으로 느끼는 통한의 아픔
한두 번쯤 안 가져본 사람 있겠는가
실연의 아픔 이별의 아픔 절망의 아픔 등등
우리가 살아가면서 헤아릴 수 없는 아픔들이
얼마나 우리를 고통 속으로 몰아넣었던가

그러나 우리는 이러한 아픔을 딛고
오늘의 밑거름이 되어 새로운 삶을
추구하며 여기에 이루지 않았던가

우리가 가야 할 길은
얼룩진 테두리를 벗어나
살며 사랑하며 변화의 물결을 타고
가볍게 뛰어넘어 보는 일
그리하여 주어진 생활 속에 모든
사명감을 다하며 앞으로 나아가는 일

이것이야말로 새로운 삶 속에
또 하나의 행복으로 전환하는
일이 아닐까.....

한잔의 차

저기 고요히 마주 앉아 밀어를 속삭이며
이 모습 지켜보는 연인이어
이 향기에 젖어 드는 고독한 삶의
동반자들이여
아는가?

한잔의 이 향기 속에도 그대들을 향한
뜨거운 영혼이 살아 숨 쉬고 있다는 것을

사랑이 있고 우정이 있고 그리움이 있어
꽃처럼 피어나는 아름다운 희망이
숨 쉬고 있다는 것을 아는가?
맑은 영혼의 그대들이여

가을 향기

이빛 이 향기香氣
드디어 가을의 대 향연饗宴이
시작됐구나
높고 푸른 하늘
무르익는 황금黃金 물결
여기저기 신비로운 결실의 탐스러움
바야흐로 세상은 성근 생명의 숨소리로
가득하구나

하나의 싹이 모체母體가 되고
황홀한 대 탄생의 감동을 낳기까지
보시라
자연이 베푼 위대한 선물, 선물들

가을의 문턱을 넘어오는 순간부터
잘 차려진 밥상 앞에 우리는 무엇을
배웠고 무엇을 갈망해 왔던가
평화로이 들려오는 자연의 숨소리

우리가 이제 귀 기울여 사랑스런 눈길
한번 보내면 어떠한가
더불어 자연을 경배敬拜하며 세상 끝까지
함께 가면 어떻겠는가
위대한 자연과 함께......

둥지

여기는 나만의 땅 나의 작은 우주宇宙
누군가 나를 찾으려거든 야생野生의
본성을 내려놓고 오직 순수
그 자체로 오라
예견된 만남이야 어쩔 수 없지만 단순
회포懷抱의 장이라면 그 누구도 원치
않으리

나는 가장 신성하고도 화려華麗한 순간들을
여기서 낳고 진리眞理를 위한 불꽃 같은
순간들을 설계設計함으로서 이상적이고도
짜임새 있는 하루를 스스로 내 어찌 발설하랴

그러나 나에게도 잘 갖추어진 본성本性과
야망野望과 진실眞實이 있어
하루의 삶을 좇는 야수野獸의 불과할지라도
고독은 내 마음을 송두리째 흔들어 놓을 때가
있어 애써 쌓은 실의實意를 망각忘却 하는
아픔도 감내해야만 했지

그러나 목표目標는 하나

줄기차게 갈망渴望했던 생에 희비喜悲 하나

하나를 잘 엮어 나가는 일

그리하여 더욱더 현실적인 가치관價値觀으로

전환轉換하는 꿈같은 일

모든 야망野望이 새로운 미래未來를 개척하듯

결코 헛되지 않는 삶 오늘도

새로운 한 페이지를 장식해 보는 일이리

환상

오직 한 사람
내 마음속에 간직한 그 사람
어쩌다 그대 그리워
생각에 잠길 때마다
보고 싶을 때마다
내 앞에 서 있네

그대와 나의 거리 한 척도 안 되는
마음과 마음의 거리
부르면 언제라도 달려 올 것 같은
내 마음의 한사람

오늘은 그대를 그려보네
나를 반기며 해맑은 모습으로
내 앞에 서 있네

아 기다림은 환상으로만 오는가...

미세 바람

이글거리는 7월의 태양이 창가에 와 앉으면
더위에 지쳐 초주검 된 바람도
긴 여정에 갈피를 잃고 흐느적거리다
망상의 늪에 휩싸여 길모퉁이에 주저앉아
미아가 되고 말았다

사시나무 벌벌 떨게 하고
위풍당당하던 속세는 온데간데없이
긴 한숨에 넋두리만 늘어놓고
정처 없이 이 골목 저 골목 헤매이다
어디론가 홀연히 사라져 갔다

불러도 대답이 없네
너는 정녕 바람이련가

제목 : 미세 바람
시낭송 : 박영애
스마트폰으로 QR 코드를 스캔하면
시낭송을 감상할 수 있습니다

결실의 아름다움을 보며

너의 모습 탐스럽구나
향기롭구나
하나의 완성체가 되기 위한
끝없는 열정의 몸과 마음이
봄날엔 신열 하며 그렇게도 아파하더니

무성한 여름을 보내며 네 모습은 한층
성숙하고 의젓해졌으므로 머지않아
또 다른 계절 앞에 결실의
위대함으로 다가오겠지?

자랑스럽구나
너를 보는 것만으로 내 마음도
풍요로워지듯 가장 가까이에서
생의 모습을 지켜보며 기쁨으로 맞이한
이들에게 축복의 하나됨으로 다가와다오

언제나 희망 어린 아름다운 모습으로…

만남

하늘엔 한조각 뭉게구름
땅 위엔 송이송이 빨간 튜울립
서로를 마주 보며 웃음 짓네

어우를 수 없는 시간 속에 살아온 날들
급변하는 세상 속에 흘러온 날들

만남의 기쁨을 되새기며

오늘은 행복한 하루였다고
생에 아름다운 날이었다고
진실의 정을 나누며
서로의 마음을 위무해 주네

강 2
(강가에 서서)

세상에 눈물이란 눈물 죄다 모여
강을 이루었구나
세상에 한이란 한 모두 모여
여울도 만들었구나
태곳적부터 흘러온 강
수많은 생명들을 가슴에 품고
슬픔의 사연들 마음 속속들이 묻으며
말없이 오늘도 흘러가네
어이 하랴?
이제 떠나가면 사해四海의 물결 속에
되돌릴 수 없는 아득한 길을
쌓이고 쌓인 마음속 응어리는
풀 수 없는 아픔으로 간직하고 가는가
바람처럼 스며오는 아쉬움도
여운餘韻만을 남기고 떠나가는가?
차마 떨쳐 버리지 못해 아파하는 네 마음
어찌 모르리 가련 하구나
한세월 그토록 바라던 소망
통일 민족의 대화합和合도 보지 못한 채
다시 기약할 수 없는 먼 길을 보내는 이 마음
이 마음도 서글퍼라.

그러나 네가 그래왔듯 대대로
이어져야 할 강은 민족의 생명줄이자
선인들의 얼도 깃들어 있으므로
맑은 혼魂과 건강함이 우선이 아니겠는가?
헐고 뜯고 준설하고 보를 설치하는 등
한 어처구니(MB)가 벌인 일들로
큰 상처를 입은 건강하던 강은 순식간에
생기를 잃고 수많은 생명들을 죽음의 구렁텅이로
몰아넣어 예전의 발랄함도 잃었구나
아프구나 찢어지는 이 마음도
개발이란 명목 아래 다시 있어서 안 되는 큰
상처 남겨 안타까운 마음 무엇으로도
보상받지 못하리
자연의 순리를 떠나버린 어떠한 행위도
정당화될 수 없고 결코 미덕美德이라
할 수 없으니 언제까지
내실을 읽지 못한 눈앞에 이익만을 추구하랴
우리가 지켜 가야 할 이 강
다시는 원칙을 잃은 무분별한 개발의 오점을
남겨서는 안 되리
우리의 의식 속에 주시의 눈길도 잊어서는
안되리

미완성 (未完成)

미완성이란 말 아시겠지요
그 슬프고도 아름답지 못한 말
그러나 모든 일은 미완에서부터
시작된다는 걸 모르시지 않겠지요
따지고 보면 영원한 미완성도
마음을 다잡아주는 완성이란 말도
자신 있게 대답할 수 있을까요?
제 존재存在는 미완이란 말 친구처럼
즐기기도 한답니다
하나하나 엮어가는 어떤 과정들이
완성에 가깝다는 느낌을 받았을 때
흥미롭게 다가오기도 하지만
완성이란 말은 짧은 시간 누구에게나
주어지는 일종의 승부 근성이라 생각하며
흥미가 있건 없건 모든 사람들 개인의 취향
마음의 동의가 아닐까 생각해 봅니다
작은 것 하나에서 쾌감快感을 느끼고
완성이라 자신할 수도 있는가 하면
끝없이 도전 성취감으로 오는 어떤 단계의
하나도 행복한 완성임에 분명합니다
하지만 중요한 건 마음의 자세지요.

앞으로 더 나가야 하나 여기서 머무르나
하는 것도 한가지 모험이라면
모험이 없어서도 안 되지만 지나친 승부욕 또한
긴 행로를 병들게 하므로 많은 시행착오도
겪게 하고 말 것입니다
인간을 병폐病斃하게 만드는 것 역시
준비되지 못한 과욕 때문이겠지요
완성에 가까운 도전적인 자세도 중요하지만
무엇보다 긍정의 힘과 용기와 잘 연마한
노하우가 필요치 않나 생각해 봅니다
긍정은 긍정을 낳고 사랑은 사랑을 낳듯
차근차근 진화하는 초 인간이 돼 보면
어떨까요?
누구도 넘볼 수 없는 독보적인 위치 말입니다
하지만 아직도 맹목적인 목표만을 고집하는
단순 진행형進行形은 아니시겠죠?
우리 모두는 달콤한 완성의 꿈을 향하여
진화하는 모습 거듭 보여줘야 않겠는지요
시작이 반이란 말처럼 불을 지피고
그 열기가 완성을 이루는 참된 우리 모두가
됐으면 좋겠습니다
새로운 희망의 목표를 향하여.....

담쟁이

생은 도전의 길이라고
자신만의 아름다운 미래라고
누구도 대신할 수 없는 굳은 의지 하나로
내일을 여는 그날 위해
너는 쉬지 않고 여기까지 왔구나

한발 한발 오르고 또 올라
높은 담장을 또 넘어
네가 바라본 세상은 어떤 모습이었나

현실을 담은 자연스런 녹색綠色의 물결인가
삭막한 환경還境의 변화를 갈망하는
아름다운 혁명革命의 모습 그것인가

간절한 소망은 이루어진다는 진리이자
새로운 꿈

지금쯤 네가 지향하는 그곳에도
푸르름은 한창이겠지

촛불

내 운명의 칼날 앞에 꺼지지 않은
새로운 불꽃으로 너는 서 있었구나

부서져 흩어진 빛과 같이 아스라이
멀어져간 내 초로初路의 꿈들을 되뇌며
또다시 찾아올 실날같은 희망希望 위에
생동감生動感으로 넘치는 등불이 돼다오

그리하여 맑은 영혼의 숨결로 더불어
세상을 갈수있는 초석礎石이 되고
내일을 여는 의식意識 속에 또 하나의
오묘奧妙한 꿈으로 펼쳐갈 수 있다면
지금까지 나의 삶도 헛되지 않았음이니

나와 함께한 운명運命의 촛불이여
세월 가고 한세상 끝까지 가던 날
누군가의 기억에도 고요한 빛으로
남으면 어떠하리
영원한 생명의 불꽃으로.....

지진地震
(네팔, 대재앙을 보며)

하늘이 진노했나
대 자연自然의 역습逆襲인가
이것이 생명生命의 땅에 내린
최대 징벌懲伐인가
무분별하게 세상을 바꾸어 가는
인간사
스스로의 대재앙災殃이란 말인가
차마 눈 뜨고 볼 수가 없구나
황폐荒廢해진 그의 나라
지구촌地球村 한자락
천 길 낭떠러지로 사라진 빈약貧弱한 나라
생의 문턱을 넘어버린 즐비한 시신들
어이하리
무기력한 인간사 존폐存斃의 허망함이
이런 것인가
슬프구나 가슴이 무너져라
여기도 저기도 사랑하는 가족과 삶을 잃고
넋 놓아 울부짖는 사람들
부모 형제 모두 잃고 멍하니 서 우는 아이
가엾은 저 아이의 눈물은
누가 닦아 주리요

봄

따스한 햇살 아래
흙을 헤집고 새록새록 태어난
연약한 작은 生命 들이여
한겨울 强 추위를 이겨낸
가지 끝에 작은 꽃봉오리들이여

봄의 女神이 너희들 몸속에까지 닿아
드디어 世上에서 가장 화려한
생의 꽃을 피려 하는구나

고맙구나
너를 다시 만나는 이 기쁨을
너를 기다리는 마음으로
나는 오늘을 살아왔다.

선조(先祖)

(공원묘지를 지나가다)

살아생전

이 땅을 애락哀樂으로 노래하며

한 시대를 풍미豐靡했던 지하 세계

선조先祖들이시여

영령鍙靈들이시여

님들의 얼이 서린 이 땅

조국祖國을 잊지 않았다면

암흑暗黑의 세계를 박차고 일어나

마음속에 간직한 고향

저 대지의 활기찬 숨소리를 들어 보오

봄의 전령全靈이 이 강산江山 곳곳마다

메아리치고 약동躍動하는 대 자연이

마침내 현란絢爛하게 꽃피워

온 세상이 별천지라

이 수려秀麗함을 우리만 보오리까?

선조先祖들이시여
지하 영령英靈들이시여
어서 일어나 봄이 수놓은 이 강산을 보오

오랜 세월 님들이 피땀 흘려 가꾼 이 땅
가는 곳마다 꽃 물결로 가득하고
웃음꽃이 축복祝福으로 이어지니
민족民族의 대 향연饗宴이라 어찌 아니 하오리

선인先人들이 그래 왔듯
대대로 지켜야 할 이 땅 이 산하山河
다가올 미래도 희망希望의 나라
행복幸福의 나라로 이어가게 하소서

선인先人들이시여.....

자화상

반세기를 훌쩍 넘긴
약간은 시들어가는 연식(年式)
눈은 흐릿하나 귀 촉(觸)은 밝고
일부분 다소 군더더기가 뭉쳐 있지만
운동으로 다져가는 아직까지 그럭저럭
쓸만하다 한다

그러나 변화(變化)하는 세상
물질문명은 진화를 거듭하고 있는데
이 모순(矛盾)의 육체는 좀처럼 앞으로 나아갈
미동(微動)도 없다

양어깨 위에 날개 하나씩 달고
속도 경쟁에서 그 누구의 추종(追從)도
뿌리치려 했는데
보폭(步幅)에 바퀴 하나 더 달고 미끄러지듯
세상을 한꺼번에 넘고 싶었는데

마음은 천금

역시 푸른 시절은 가버렸나 보다

얼마나 더 가야 희망(希望)이 구름처럼 몰려올까

꿈을 좇는 새들보다

꿈을 먹는 꽃나무가 되길 소망했듯

한때는 어느 한적한 시골에서

땅을 고르며 흥부네 가족처럼 재잘거리는

아들딸 여남은 낳고 제비가 물고 온 박씨를

심고 가꾸어 아기자기한 야망(野望)의 꿈을

꾸기도 했는데

어쩌나

물 건너간 꿈은 다시 돌아오지 않을 터

새로운 희망으로 오늘을 살 수밖에.....

하늘과 땅

예부터 하늘은 아버지
땅은 어머니란 속설은 알고 있었지만
어디서 한 계절 좋게 보낸 하늘이 봄을
안고 와 이 땅에 내려놓고
따스한 체온과 입김을 불어 넣으니
마침내 봄은 시작되어

겨울잠에서 깨어난 땅이 활기를 되찾고
어머니란 이름으로
다시 만물을 잉태하니
대 자연의 질서 속에 다가올
탄생과 축복의 아우성은 만연할 지어라

하늘이 뿌려 넣은 햇살은
양성의 힘을 더해 이 땅에
건강한 생명의 숨소리로 가득하고
곳곳 녹색 물결이 일렁이면
다시 찾은 새들도 봄을 노래하겠지

얼마나 기다려 왔던가
그토록 그립던 이 봄을
혹한 속에서도 한 계절 잘 이겨낸
저 만물의 온상들
이제 비로소 어머니 품에서 일어나
마음속에 간직한 소망들을
유감없이 펼쳐 보아라

그리하여 대자연의 경이로움 위대함을
보여줌으로 살아있는 전설의
새 희망으로 넘쳐다오
하나뿐인 지구상에 축복의 장으로
사람들은 부푼 마음으로 그날을
기다리고 있음이니.....

함께하는 세상

꽃과 꽃들이 마주 보며
세상을 환하게 비추듯
우리들의 마음도 둥글게 둥글게
서로를 위한 마주하는 삶을 산다면
세상은 얼마나 아름다울까?

멍에도 아픔도 시련의 속박에서 벗어나
만남 그 자체만으로 행복할 수 있다면
살맛 나는 이 사회가 형성되지 않을까

거짓 없고 따뜻하고 평화로움으로
다가온 믿음직한 사회
어렵지 않은 자연스런 꿈을 펼쳐 나갈
아름다운 세상

우리의 미래는 뭐
이런 것들을 원하고 있으리....

음악 감상

직선을 뚫고 사정없이 다가오는
추상적인 음률
점차 미지의 세계 속으로 파고드는
그 화음의 아름다움
영혼과 영혼이 뜨겁게 자아내는
구슬픈 하모니

어느새 나를 압도해버린 감성
나를 파고든 탄성의 메아리
누가 나를 이 황홀의 내면으로 이끄는가

나는 지금 혼돈 속으로 끝없이
추락하고 있다.

제목 : 음악 감상
시낭송 : 최명자
스마트폰으로 QR 코드를 스캔하면
시낭송을 감상할 수 있습니다

93

고향집

여기가 우리집인가?
여기가 진정 내가 살던 고향집이란 말인가?
슬레이트 지붕은 군데군데 깨져 비가 새는구나
서까래는 낡아 금방이라도 허물어질 것 같구나

앞쪽 옆쪽 산업 도로라는 명문 아래
대지는 이리저리 쪼개져 넓던 마당이 사라지고
덩그마니 집이란 형상만 남았구나
주위를 둘러봐도 도무지 알 수 없는 지형이
무거운 세월의 흔적으로만 남았구나

80년 여름 부족한 내 소견으로 심혈을 기울여
지은 이 집
제법 잘 지은 집이란 평을 받으며 마당이나 정원
꽃나무 하나하나 정성과 내 마음을 쏟았던 집

그러나 30여 년이란 세월을 훌쩍 넘기는 동안
시설물은 부분적으로 넘어지고 창틀은 깨어지고
엎어져 집안 밖이 그야말로 을씨년 스럽구나

그런데 어머니는 어딜 가셨나?
지금도 부르면 뛰쳐나와 반기실 것 같은 어머니
어디선가 들릴 듯 목소리도 생생한데
정겨운 그 목소리 들리지 않네.

형은 어디에 누나는 동생은 모두 모두
그리운 사랑하는 가족들의 얼굴들
그 어렵던 시절 옹기종기 모여 앉아 꽁당 보리밥
강된장에 물 말아 먹던 그 시절 그립구나

또래 조무래기들과 소 잔등 타고 소먹이러 다니던 일
바닷가에서 어린 강태공 되어 고기 낚던 일
모두가 하나같이 현실인 듯 꿈결인 듯 아련한데
그리워 고향을 찾아왔지만 반겨 주는 이 없네

소꿉친구 동갑내기들 지금은 어디서 살고 있을까
보고 싶은 얼굴들
세월을 되돌려 추억이 깃든 그 시절로 돌아갈 수
있다면 얼마나 좋을까
그러나 이젠 너무 멀리 와버린 생

꿈속에서나마 그 환상을 만날 수 있을까
그 누구도 나를 대신할 수 없는 뜨겁고도 얼룩진
한 편의 드라마
오늘도 서산에 지는 해는 예전처럼
노을도 붉구나.

12월엔

12월엔 12월엔 의좋은 사람들끼리 만나
한 해를 마무리하는 값진 시간의 자리를
마련해 보소서

12월엔 12월엔 아름다운 사람끼리 만나
사랑을 나누고 다가올 미래의 무지갯빛
소망들을 엮어나 보소서

12월엔 12월엔 어렵고 힘들었던 일
모두 모두 내려놓고 새로운 다짐으로
미래를 향한 장밋빛 고운 꿈들
설계해 보소서

을미 새해로 이어지는 날은
우리가 지향하는 모든 꿈들을 이룰 수 있는
축복의 하나됨으로 시작되게 하소서.

가을 2

내 신열 하는 몸짓으로
나뭇잎이 뚝뚝 지고 말았네

내 끙끙 앓는 마음 하나로
가을이 와르르 무너져 내렸었네

사랑이란 이런 것인가?

내 손길 한번 닿기도 전에
내 마음 한번 열리기도 전에
한사코
너는 나에게서 멀어져 갔구나

이제 눈 내리는 겨울을 위해
다시 소생하는 만물의 봄을 위해
서럽고 슬픈 가을의 문을 닫으련다.

하나에서 열까지

그 어떤 일도 그 누구의 마음도
쉽게 쉽게 열려 움직일 수 있는 것은
아무것도 없더라
가령
오늘은 계획했던 누굴 만나 비즈니스를 한다든지
평소 마음속에 꼭꼭 숨겨두었던 한 사람을 만나
밀어를 속삭인다든지
그날그날 필요한 일들을 꼭 해야 함에도
모든 것이 수포로 돌아가 마음만 콩밭에 앉아
종종거림을 누가 알아주랴?
세상사 마음먹은 데로 뜻한 데로
안된다는 건 알고 있었지만 이렇게도
얽히고설키어 하나에서 열까지 순서가
뒤죽박죽이 될 줄이야
먹구름이 비를 몰고 오는 변화무쌍한 날씨처럼
일이란 역시 한 치 앞도 예측할 수 없는 뜬구름에
불과하나 보군
한 가지 일이 어긋나면 열 가지가 와르르
무너지기 십상이란 걸 이제 와서 다시 한번 느껴보며
자신을 팔며 내 인생의 거룩한 영양 덩어리를 찾아
내일은 어디서 또 다른 희망의 불씨를
지피울까

가을

가을이 지네
내 마음도 함께 흘러내리네
깊은 사연 여운만 남기고
또다시 이 가을도 소리 없이 흘러내리네

산에 들에 나뭇잎 지고 찬 바람 불면
가엾은 저 새는 어디로 날아갈까
이 가을이 가고 나면
내 마음은 또 어디로 흘러갈까

그 사람을 기다리며 아파하는 마음
지난날
곱고 고운 추억의 그림자는
어디서 찾아볼까

가을이 지네
가을이 저만치 멀어져 가네

항해

하나가 둘이 됐습니다
아니
둘이 한마음 되어 하나가 되길 소망했고
그 뜻을 이루었습니다

우리는 이제 한배에 몸을 싣고
한 마음된 사랑으로
힘찬 새 출발을 하려 합니다

나는 그대를
그대는 나를 따라 오로지 사랑과 믿음 하나로
끝없이 펼쳐진 대서양을 바라보며
태평양을 건너
우리가 지향하는 목적지에 다다르기까지
힘차게 긴 항해를 시작해야만 합니다

시시각각 폭풍이 몰려오고
파도가 엄습해 와도
우리의 뜻을 거스르지는 못하며
지혜와 슬기를 모아 이제 운명의 긴 항해를
하지 않으면 안됩니다

모진 비바람 속에서 피어난 꽃송이처럼
오직 앞만 바라보며
당신과 나의 굳은 맹세 의지만이
미래를 약속받기 때문입니다

사랑하는 나의 반려자여
이제 우리 앞에 어떠한 두려움도
거칠 것도 없습니다
내 곁에는 언제나
나를 밀어주는 당신이 있고
위대한 사랑의 힘도
우리를 받쳐주기 때문입니다

세월 가고 우리의 목적과 꿈이 현실이 되는 날
삶도 축복으로 가득하리라 믿습니다

사랑하는 나의 반려자여!

이안류

바다가 위선을 떨며 사람들을 유혹했던 게
어디 한두 번이었던가?
때때로 우리들에게 등을 내주며 자신을 타고
미끄러지듯 질주 바람의 아들이 돼 보라구
검푸른 파도 위를 시원스레 달려
짜릿함을 느껴 보라고
이런저런 이야기를 들려주며 여유를 줄 때면
누구라도 믿을 수밖에 없었지
하지만 너무 몰랐던 거야
베일에 가렸던 바다 그의 얄팍한 마음과 심통을
금방이라도 어떻게 할 듯 달려들어
아무것도 모른 채 재밌게 수영하는 사람들을
마구잡이 식으로 끌고 가 소용돌이 물결 속에
내모는가 하면 행패를 부리듯 물을 먹이고
죽을래 살래 하는 식이였지
정말 죽는가 하고 힘이 빠지고 맥이 풀려
움직이지 못하는 사람들도 여럿 있었어
아마도 구조 대원이 없었으면 몇몇 사람은
이 세상 사람이 아니었을지 몰라
천당과 지옥을 오 가는 느낌이었지

세상에 믿을 거라곤 없다지만 그렇게까지 할 줄
몰랐어 다시 생각해 보건대 줄기는 데만
급급하지 말고 바다에 관한 상식 정도는
알았어야 했고 무관심은 부족함만 못하다는
교훈도 얻었지
이제야 그 내막을 조금은 알 것 같지만 무엇이든
적당선에서 행동해야 함은 물론 경솔함은 자칫
여러 사람에게 어려움을 줄 수 있다는 점을
절실히 느꼈던 거야
이번 기회에 바다를 좋아하는 모든 사람에게도
알려 한 사람이라도 낙오자 또는 희생자가
생기지 않도록 계몽함도 중요해
건전하게 즐기며 수칙을 준수하고 바다를
사랑하면서도 경계심은 잃지 말라고.

아침 이슬

구슬 같은 이슬 이슬방울
꽃잎에 앉아 소곤대며
찐한 입맞춤 하고
가슴을 열어 더듬거리다
배꼽을 지나
또르르
가랑이 사이로 흘러 들어갔네

어머나 이러시면 안 돼요
놀란 꽃의 말

꽃

너는 나를 보고
나는 너를 보고
함박 웃음 짓는구나

사람들은 너를 올곧다
아름답다고 말들 하지만
너를 볼 때마다 왠지 모를
외로움에 떨고 있는 모습은
그 누군가를 그리워하며
애타는 마음일까?

어느 이른 아침 너의 뜨거운
눈물을 나는 보았다
맑은 눈가를 촉촉이 적신
애절한 눈물을

한없는 기다림도 그리움의
눈물이 됐다고
다시는 헤어지지 말자고...

마음의 양식

흐르는 역사의 물결을 마음에 담아 두고
시집과 문학과 철학의 묘미를 아우르며
공허한 마음속을 채우려 하나하나
먹어 치워 봐도 다음 날이면 다시 또
허기가 몰려와 왠지 모를 기력이
쇠할 수밖에 없으니 마음이 그러하듯
머릿속도 하얗고 텅 비었나 보다

혹시나 초기 증상의 얌전한 치매이거나
떨떠름한 거식증은 아닐까?
의구심을 가지면서 스스로 테스트하길
여러 차례 아무래도 마음 한 자락에
작은 도서관이라도 만들어 시푸르뎅뎅한
마음 양식들로 꽉꽉 채워 나갈까 봐

쌓인 고귀한 양식들로 산이 되고 강이 되어
내 마음이 넘칠 때까지...

회

나를 야수라고 부르지 마라
어느 날 나는 깊은 암흑의 터널을 박차고 나와
가장 낮은 자리에서부터 입속으로 밀어 넣는
법을 배워 왔고 생을 이어가기 위한 절대적인
에너지가 필요하다는 걸 깨달았지
상상하고 창조하고 실천하며 가치관에 대한
어떤 일에 집중할 때면 어김없이
배꼽시계는 허기를 알려와 본능적으로
나는 무엇인가를 입속에 밀어 넣지 않으면
안된다는 걸 알았지
산다는 의미는 어떤 평행선을 유지 절체절명의
생을 이어 가는 일
미안하지만 너 역시 우리가 날마다 먹는
음식물 중 일부분에 지나지 않아
너를 입속에 밀어 넣는 순간 감미로운 맛과 향기와
푸른 바다가 한꺼번에 내 몸속에 들어온 것 같아
환희에 젖기도 했지
한때는 너 역시 푸른 물결 헤치며 유유히
꿈을 펼쳐 나갔을 가엾은 생이었지만
누군가를 위해 희생하고 본분을 다함으로써
감동을 주기도 했지
도마 위에 조각난 네 몸체를 보며
한마디 내가 건넬 수 있는 말이라면
짧지만 빛나는 운명이었다고
다음 생은 어느 누구의 피식자가 아닌
화사한 꽃으로 태어나 사랑받는 한세상 아름답게
거듭거듭 피고 지기를...

소박한 여행

오늘은 토요일
그동안 고심 연속이던 몸과 마음
모처럼 만에 자유의 물결 따라 말만 듣던
바다가 있는 곳 강화도나 가볼까

수염 깎고 얼굴에는 제법 번지르한
크림 한조각 바르고
돌아가는 세상이 그렇고 정치가 어떻고
투박한 말솜씨를 밥 먹듯 하는 사람보다는
애정 어린 눈으로 아기자기하게
바다를 볼 줄 아는 아리따운 사람

세상을 좀 읽을 줄 아는 길동무가 함께
동행했으면 좋으련만
어디 그런 사람 없을까?

머리를 짜고 혜안을 굴려봐도
도통 생각나는 사람이 없으니
평소 아끼던 사람 머리채라도 휘감아
가볼까나?
역시
나라는 존재는 이 정도밖에 안 되니
한심하네 한심해.

그 여자

어디서 왔을까 그 여자
내게로 와 길을 묻던 여자
해 맑은 봄날 막 피어난 꽃송이처럼
대 보름날 두둥실 떠오른 달덩이처럼
맑은 얼굴 동그란 눈이 별빛처럼
반짝이던 그 여자

화성에서 왔을까?
금성에서 왔을까?
그의 모습에서 비춰진 아름다움이
푸근히 다가온 수북 같아
내 마음속에 남은 여자

어쩌다 어쩌다가 내 눈길과 마주치면
방긋방긋 웃음을 잃지 않던 그 여자
오늘은 그 여자를 그려 보네
그 여자가 보고 싶네
내 마음속에 아직도 떠나지 않은 여인

내가 그녀를 생각함은 무슨 까닭일까
그의 초초함에서 애타게 찾는 이는
누구였을까?
휘날리는 꽃잎처럼 홀연히
떠나버린 여자.

마로니에
(어느 카페를 생각하며)

마로니에
부르면 다가올 것 같은 정감 어린 이름
너의 정취가 물씬 풍기는 이 찻집에서
한잔의 커피를 마시며 네가 보고 싶을 때면
이 카페를 찾곤 했었지

수많은 시간을 보내면서도
오늘처럼 마주한 너와의 정을 나눌 수 있었음은
여기가 아늑하게 쉴 수 있는 공간
부족함이 없는 아담한 쉼터란 인식을
지닌 곳만은 아니리

너에 대한 나의 진실만을 밝히고
추억을 더듬으며 향기로운 네 마음속에
젖고 싶었는지 몰라

그러나 우리는 서로를 이해하면서도
멋진 만남의 아름다움을 가져 본 적이 별로 없어
이제부터라도 마음을 열고 하나 하나
우정을 엮어가면 어떨까?

너와 나 다정한 친구가 되고
서로를 이해하며
미래를 펼쳐 나가는 거야
그렇기 위해서는 좀 더 가까이 다가서는 모습
마음의 변화가 필요할 거야

보다더 진실 어린 마음의 변화가
먼 훗날 우리들의 아름다운 우정 하나가
새로운 멋진 꿈을 이루기 위해
사랑해 마로니에...

4월이여...
(세월호 민족의 아픔을 새겨보며)

4월이여 잔혹한 4월이여 가라
일찍이 이 나라의 꽃들이 무성하게 자라
감동으로 즐거움으로 여겨져 왔는데
채 성숙하기도 전에 벙글기도 전에
꺾이어지고 말았구나

다시 볼 수 없는 혼들을 혈토 하는 심정으로
부모 형제는 목 놓아 불러 보지만
메아리만 들릴 뿐 대답이 없네

마음속에 부푼 꿈을 갈망하며 살아왔던
피지 못한 영혼들이었기에
아픔은 크고 쌓여 행방도 모르는 그 들을
기도하는 부모 형제의 마음도 저버린 채
말도 없이 홀연히 떠났나
야속하구나

한 가닥 실오라기 같은 환생의 기다림으로
하느님께 기도하며 찢어지는 아픔의 심정으로
불러도 보지만 이 애절함을 듣고 있는지
겨레가 아파하고 민족이 울고 있는 저 소리
듣고 있느냐?

가라 4월이여
더 이상 생각하기도 싫으니
그대가 낳은 마음속 통한이 돌이킬 때마다
부서져 내리는 이 마음도 피눈물 흘리니
다시 오지 마라 4월이여…

목련

겨우내 모조리 벗어 버린 알몸
살을 에는 추위도 아랑곳 않고
새봄의 찬란함을 얼마나 고대해 왔던가

백옥처럼 빛난 혼 짧은 생애
마음에 묻어 두고
다시 봄이 이울면 열망의 꿈도
부서져 내리겠지?

아니 긴 기다림을 가슴에 심어 놓고
다가올 그날을 위해
침묵 속에 너는 잠들겠지?

계절이 바뀌고 여름 가을을 보내며
참 선의 겨울도 또 맞이하겠지
고독한 그 이름.....

마음속에 그린 그림

날마다 날마다 한조각 내가 그린 그림은
푸르른 날 눈부시게 떠오른 태양 그리고
에메랄드빛 바다
밤이면 별빛이 소곤대는 북극성 아래 초원 위
아담한 하얀 집 짓고 푸른 숲 이루며
너와 나 단둘이서 살아가는 꿈 같은 삶
비가 와도 폭풍이 몰아쳐도 외롭지 않을
우리 사랑을 위해 한 백 년
함께 살아가는 낭만의 이야기

봄

봄은 왔는가
내 마음속에도 정녕 봄이 찾아왔는가
겨우내 얼었던 마음 시린 내 어깨 위에도
봄 햇살이 가득 내려앉고
귓전을 스치는 바람
오고 가는 사람들 마음속에도
봄은 정녕 왔는가?

그립고 그리워 목놓아 봄을 부르짖던 작은 새여
그대 마음에 어리는 봄을 노래하려무나
푸른 창공을 멀리멀리 날갯짓하여
마음속에 새긴 사랑 하나 꽃 피우려무나

일어나라
깊은 꿈속을 헤매이는 침묵 속의 대지여
어서어서 일어나 아직도 주저하는
철없는 생을 어머니란(母體) 이름하에
축복으로 생산하라

봄을 끌어안은 대지여
생은 진지한 축복
내일을 지향하는 아름다운 것.

한송이 꽃

수려하지 않은들 어떠하랴
사람들 마음속에 지워지지 않을
지극히 순수한 꽃이라면 그만인 것을
언제부턴가 내 마음속에도 한송이 꽃을 피우려
날이 날마다 밤마다 억척의 세월을 껴안았다
황폐해진 내 마음에도 한 가닥 풀잎 같은 희망이
꿈틀거리고 급기야 꿈이라는 현실 앞에
나는 날개를 달았다
꿈도 사랑도 내 마음 파랑 속에서 피어난
꽃이라면 이젠 영원을 부르짖으리
한송이 꽃이여.....

강

아우라지 설움을 누가 알리오
아우라지 깊은 뜻을 누가 짐작하리오
이 땅 위에도 언제부턴가 만남과 이별의
서막은 시작됐었다
천년만년 아니 태곳적부터
실핏줄 같은 개천을 따라 흐르다 흐르다
어디쯤에선가 강은 한 몸이 되고
어머니 강이 되어 다시 흘러가지만
이 땅 곳곳에서 벌어진 한 서린 사연들을
가슴에 묻고 때론 웃고 울며 긴 여정을
가고 있었다
강은 화가 나거나 설움을 눈물로 애써
참으려 하지 않고 누군가의 지나친 과오를
결코 그냥 넘기려 하지 않는다
한번 화가 나면 모든 것을 삼키고 일시에
쓸어 버릴 듯 평화를 왜면 하기도 하지만
이내, 마음이 차분해지면 언제 그랬냐는 듯
미소 짓는 해님의 윙크 한 번으로 순한
양이 되고 물 위에 어리는 윤슬이
별빛 마냥 아름답다

강은 여울목을 만나면 폴짝 뛰어올라
묘기도 부리고 우렁찬 소리를 질러 자신을
과신하기도 하지만 때론 누군가의 벗이 되고
수많은 새 떼들을 불러 모으고 동식물을
온몸으로 끌어안아 아낌없이 주는
젖줄의 강이 되어 오늘도 여운만을 남긴 채
긴 여정을 뒤로하고 짙푸른 태평양의 품으로
줄달음쳐 갔다
잘 가라 잘 가라고
새들의 아쉬운 고별인사도 못 들은 채.....

시인의 마을

시인의 마을에 눈이 내리네
시인의 마을에 온누리 하얗게 하얗게 꽃이 피네
하얀 꽃가루 맞으며 겨울을 노래하던 시인이여
꽃이 좋아 꽃노래 부르던 시인이여

이 꽃이 흩날릴 무렵이면
시인은 누군가를 애타게 그리워하리
이 꽃이 피고 나면 시인은
낭만의 새 노래 부르리

마음속에 스미는 애절한 사랑 노래를
지지 않을 영원의 꽃노래를

크리스마스

눈이 내리네 하얀 눈이
고요한 산마루에도
강 마을 곳곳 지붕 위에도
눈이 내려 좋은 날
천사 같은 고운 님 하얀 눈을 맞으며
그녀와 단둘이서 하염없이 걷고 싶네

들리네 종소리
은은히 울려 퍼지는 성당의 종소리가
모두 모두를 사랑하라고
온유히 사랑 노래 부르며 행복하라고
오늘이 가고 늦기 전에
이 밤이 가고 영원히 행복하라고

하얗게 하얗게
하늘에서 천사가 내려오셨네.

열 정

뜨거워지고 싶다
내 몸도 마음도
용광로 같은 열기로
그 누군가를 사랑하고 싶다

그리하여 마음의 외로운 사람
사랑에 목말라하는 사람들
그들 곁으로 다가가
따뜻한 마음으로 감싸주고
다정한 벗이 돼주고 싶다

때론 우아하게 아름답게
마음의 문 활짝 열어
향기로운 꽃으로 다가서고 싶다

고독의 지친 사람들아
삶의 열병을 앓는 사람들아
여기
뜨거운 마음의 향기가 있나니
밤하늘 별보다 더 영롱한
희망의 빛이 있나니

오라
진정 사랑으로
그대들을 포근히 감싸 주리니

마음의 상처투성인 사람들아

입 동

초입의 겨울 깊은 밤
잉잉거리며 우는 바람 소리
너도 나처럼
님 그리워 울고 있느냐

시월이 가기 전에

가을이 가기 전에
낙엽이 지기 전에
나 그대에게 편지를 띄우리라

시월이 가기 전에
겨울이 오기 전에
나 그대에게 사랑을 노래하리라

바람 불고 낙엽 지면
행여
그대 마음 떠날까 봐
내 마음도 스러질까 봐

그대 향한 이 마음
사랑한다 기다린다고 고백하리.

호박꽃

향기 없다 말하지 마라
시시하다 편견 하지 마라

나름대로의 생은
시간과 노력과 사랑으로
힘차게 꽃물을 밀어 올려
오늘의 결실도 영글었으니

어느 누가 감히 호박꽃도 꽃이냐고
편견 할 수 있으리

너였으면

늘 내 마음속에 심어져 있는
꽃처럼 새록새록 피어나는 아름다운 사랑
그런 사랑이 바로 너였으면 좋겠다

언제나 어느 때나 부르면 달려와
고독의 젖은 나를 위로해 주고
기쁨도 슬픔도 함께 할 수 있는
별처럼 반짝이는 사랑
그런 사랑이 바로 너였으면 좋겠다

눈빛만 보아도 무엇을 말하는지
보면 볼수록 달콤함을 채워 줄 수 있는 그런 사랑
그런 사랑이 너였으면 좋겠다

너라면 세상 끝까지 함께 할 수 있으리.

후회

나 이제야 알았네
내게도 꽃이라 할 수 있는 젊음이 있었고
산이라도 지고 넘을 거침없는 왕성한
의욕도 패기도 잠재해 있었다는 걸

그때는 왜 몰랐을까
내 생의 가장 큰 소망 큰 꿈을 길러야 할
의지와 학구열이 무의미하게 사라졌다는 걸

후회하네
젊음의 투지도 의연함도 영원하지 않다는 걸
이제야 후회하네
내 옥석 같은 푸른 숲이 사라지고
노래하던 새들도 하나 둘 떠나가네

파란만장한 지천명이 또 지나고 나서야
돌이켜 보네
이제 내 마음의 황폐해 가는 초원
다시 또 꽃은 피기나 할까

고목나무 한 그루
다시 싹이나 틔우기는 하는 걸까
사라져간 내 젊음이여

想 想

아름다운 여인이여!

그대가 사색하는 탁상 위에
찐한 향 한 잔의 커피를 놓아 드릴까요
한 송이 붉은 장미를 꽂아 드릴까요

아름다운 여인이여.

자연

나도 그대처럼 한 시절 푸르게 푸르게 노래하는
나무가 되고 싶다
나도 그대처럼 한 생명을 잉태할 줄 아는
꽃그늘이 되고 싶다

그리하여 나무는 새들을 불러 모으고
새들은 홑씨를 날려 꽃을 피우고 벌 나비를 불러 모아
자연스런 한 생을 살아가는 꽃 나무가 되고 싶다

보아라 짙푸른 하늘
푸르름을 노래하는 새들이여
꽃이 좋아 꽃가지 사이를 줄곧 오가며
노래하는 새들이여 여기 둥지를 틀어라

나의 삶도 더불어 그대들과 고락을 같이하며
평화로운 한세상 살아갈 지이니 우리 한마음 되어
함께하는 생이라면 아름답지 아니한가
새들이여 노래를 불러라
춤을 추어라 벌 나비여

우리는 공생의 생명체이니
이 땅을 지키며 살아가야 할 운명 같은 것이라
여기 나와 그대들의 혼을 심어 놓으리라.

짝사랑

오오 눈부시다
꽃잎
너를 볼 때마다 언제나 나를 보고
웃어 주는구나

두근두근 설레이는 이 마음
언제쯤 또 너를 만나
사랑한단 말 한마디 전하고
달콤한 밀애의 환상 속에
잠들어 볼까나.

사랑의 조건

내가 그대를 사랑하고
그대가 나를 사랑하듯
사랑은 순수 그 열정만으로도
행복해야 합니다

사랑은 조건이나 이유 따위는 있을 수 없고
오로지 마음으로부터 우러나는
절실한 사랑이어야 하며 신뢰 속에
애절함이 우선입니다

사랑은 영원할 것 같지만 때때로
누군가는 사랑에 울고 아파하며
세월이 흘러 더러는 원숙지 못한
결과를 낳기도 합니다

사랑
아름다운 초석 위에 깊이 새겨지는
운명 같은 인연일진대 자신의 희생 또한
뒤따라야 할 것입니다

아름다운 사랑은 삶을 살아가는
큰 힘 그것이고 기쁨과 행복의 원천
그 자체입니다.

고독한 생

울어라 울어라
네 슬픔을 어찌 모른다 하리
우는 것이 때론 약이 되고 실타래처럼
얽힌 속을 풀어 쾌적함을 느끼게 할 터
아무도 없는 골방에 앉아 무심한 세월과
운명을 탓하고 비애를 곱씹으며 흘리는 눈물이라면
제대로 한번 소리 내어 울어 볼일

그래도 눈물이 남아 있다면 한 번쯤은
울음의 의미를 되새김질해 볼일이다
우리들의 생이란 그러한 것
열 번 넘어져도 오뚝이처럼 일어나 목표를 향해
야생마처럼 전속력으로 질주하는 것
삶 또한 어찌 아니 그러하리

울다 웃고 웃다가도 울어야 하는 때론
연극 같은 생을 살아가야 하는 것
어찌 외로운 인생이라 아니 하리요
엄동 혹한을 보내고 나서야 비로소
봄이 오는 길목에 싹이 돋아나듯
모진 풍파 이겨 내고서야 진정 평화가 있는 것

누구나 한 번쯤은 굴곡진 삶을 살아가야 하는 게
인생이라면 울음 또한 의미 있는 삶을 살아가는
방법의 하나가 되진 않을까...

그리움

그대를 죽도록 사랑하고 보고 싶어 그리워함은
아직도 식지 않은 그대 향기가 다소곳이 내 안에
존재하기 때문이라오

그대는 어디쯤에서 환한 얼굴로 나를 보고
웃고 있나요
그대는 어느 만큼이나 나를 헤아려 그대 마음을
전하려 함인가요

그대와 나의 운명 속절없이 흘러 서로를 그리워하고
사랑하면서도 끝내 나는 그대에게 다가서지 못하고
이슥한 이 밤
그대 닮은 별을 보며 서성입니다.

換 生(환 생)

죽어라 죽어라
죽는 것이 곧 사는 길일 것이다
이 강물에 조용히 몸을 던져 흔적도 없이 살아졌다가
더러워진 몸과 마음을 깨끗이 정화하고 한낱
자연이거나 물새 또는 거짓 없는 한 생명으로
다시 태어나 환생하라

환생은 곧 새 삶을 사는 일
맑고 청렴하게 사랑을 배우고 새 희망을
염원하며 살아가는 길이리

오늘의 까마귀가 지고 나면
내일의 화려한 앵무가 태어나리라
별도 달도 품지 못한 어둠의 강물이여
이 영혼의 몸을
보석 같은 육신으로 맑게 개어
하나의 영혼으로 다시 보내 주소서

하늘이시여
이 땅을 살아갈 다시 태어난 영혼
깨달음을 주시고 공동체란 의식 속에
우리가 사는 이 땅 한 줄기 빛으로 다시
삶을 잇게 해 주소서
하늘이시여...

한 잔의 커피

너를 상상할 때마다 그리움이 사무쳐 흐르고
한 모금 너를 飮味하며 고독에 젖어 있노라면
甘味로운 너는 어느새 향기로 다가와
내 마음을 달래주곤 했지

어쩌다 너를 잊고 지나칠 때면 허전한 이 마음
달랠 길 없어 아련한 기억 속에서
너를 그리며
나는 방황하기도 했었지

누구인가?
너는 누구의 영혼이기에 이토록 내 마음을 흔들어 놓고
오늘도 너를 향한 목마름에 살아가야 하나

세상 끝까지
이젠 더 가까이서 거짓 없는 우리의 진실 하나만으로
소중한 벗이 되고 함께 삶을 노래하는
동반자로 남아 있자꾸나
언제까지나...

고뿔

내게도 이런 일이 있을 줄이야
타인에게만 국한된 일이라 생각했는데
건강한 체력이라 심히 자부했는데
어처구니없고 실로 부끄럽네

바람 불고 비 내려 을씨년스런 그날
불현듯 내 몸속을 파고든 고뿔이란 놈
목을 짓누르고 머리통을 흔드는가 하면
뼈마디를 으스러 놓을 듯한 고통을 주었다

뿐만 아니라 깊은 오한에다 발 열
패기 왕성했던 내 기계마저 흔들어 놓고
태연하게 몸속을 요리조리 활보하듯
돌아다니는 게 아닌가

그래 어디 두고 보자
지금까지 내 숨통을 조이던 네놈의 술수
그 기백이 언제까지 영원할 터인가

쫓고 쫓기는 사·생 결단에서 놈의 공격으로 인한
마지막 힘마저 이미 소진한 터라 다시
마음을 가다듬고 혼신의 힘을 다해
반드시 앙갚음을 하리라.

내 진작에 네 놈을 알았더라면 적어도
패잔병처럼 의기소침하게 방구석
신세만은 않았을 것을

그렇다 왜 몰랐을까 유비무환이란 걸
다시 그 실체를 되새기며 나는 내일을
준비하리라
제2라운드 먹느냐 먹히느냐 치열한 싸움은 계속되고
일주일 만에 자유로운 해방의 기쁨을 맞는다
실로 극치로운 승리임에 틀림없다

나는 힘 주어 말한다 내가 아닌 어느 누굴지라도
방심을 틈타 곳곳에 허점을 노리는 적들이
언제든 도전하리란 걸 이것 또한 삶의 한 단면이었다면
내일을 살아가는 우리의 힘은 절대적인 체력에서부터
비롯되고 체력을 기르는 일이야말로
우리 모두 자각해야 하지 않을는지...

조리사

시인은 맛을 갈구하는 조리사
시인은 변술의 변술을 거듭하는 요술쟁이
쇠 붙이가 있어도 쇳물이 자르르 흐르는
기름진 밥을 뚝딱 만들어 놓고
자연의 중심에 서서

흙이면 흙 풀이면 풀 어떠한 재료라도
감칠맛 나는 조리를 일순간에 해치우기도 하는
조리사가 아니고 요술쟁이가 아니고
무엇이겠는가

어쩌다 길을 가다가도 손에 집히는
실오라기 하나만으로도 능히
달콤함을 채워 줄 수 있는 예술의 혼들
신인가 신을 지배했던 태곳적 조물주인가

나는 가끔 시인님들의 잘 차려진 밥상 앞에 앉아
야금야금 갉아먹는 새앙쥐가 되기도 하지만
시인님들께서 채워져야 할 보배로운 양식을
허락도 없이 삼키고 또 삼켰으니
용서가 되기나 할까

어쩌겠는가 목마른 자 우물을 판다고 했잖은가
눈앞에 놓인 진귀한 요리가 마침내
유혹을 떨치지 못하고 기웃기웃 거렸으니
이해가 되기는 하는 걸까

시인님들 성찬의 진귀한 맛을 계속해서
보여 주세요 아름답고 맛깔스런 최고 일미만을
고집해 주세요
저 역시 풋 조리사의 한 사람으로서 이 갈증
이 허허로움을 시인님들의 알찬 비법으로
텅 빈 마음의 곳간을 차곡차곡 채우렵니다

고체 액체 지구상의 모든 것 다 좋습니다
시인님들께서 혼이 서린 조리라면
유혹의 내 마음도 마다않고 시인님들을
향하게 될 것입니다
끊임없이...

여 정

서대길 의원은 바람을 가르며 6천 피트
상공을 가로질러 서울을 왔는데
나라님은 만나고 떠났나

취임식장에서 그 님이 건네주는 따스한
정 한 사발 꿀꺽꿀꺽 삼키고 그저
묵묵부답으로 귀향했나

일찍이 나와의 약속대로라면
아담한 시내 모처에서 밥과 음료 곁들이면서
작고도 긴 말 주머니 보따리를 풀어
물씬 풍기는 향수의 내음을 건네주리라
자못 기대했는데 기다림은 한순간의
허망이었나

잘 가라 서의원
다시 만남의 희망은 한 줄기 빛과 같은 것이니
요다음 회로의 기쁨은 라일락 향기 무르익는
고향 마을에서 덧없이 보자

소박했던 우리의 우정 다시 꽃 피우고
마음의 문 활짝 열어 언제까지나
푸른 내일 함께 하자
한없이 한없이…..

찻집

인사동 그 집에 가면
바다가 보였지

인사동 그 집 창가에 앉으면
자유분방한 이색적인 물고기들을
바라보았지

고래도 보았지
고래를 닮은 상어도 보았지
유유히 헤엄치는 꽃뱀도 보았지

인사동 그 집
그 집은 늘 향기롭고
물결은 출렁거렸지

비 상

줄곧 둥지를 지키던 푸른 나의 날개여

언제쯤 봄이 오는 저 짙푸른 남쪽 하늘을

훨 훨 날아 볼 것인가

들국화

아무도 찾지 않은 호젓한 숲속에
외로이 피어있는 한송이 들국화여

주야장천 긴 세월 지새우며
누굴 위해 꽃 피웠나

북새바람 찬 이슬도 옷깃을 스미고
기다리는 님의 소식 아득하기만 한데

외로워 밤새우는 저 새들도
내 마음같이 가엾기만 하여라.

마음속에
그린 그림

홍경훈 시집

2022년 5월 6일 초판 1쇄
2022년 5월 10일 발행
지 은 이 : 홍경훈
펴 낸 이 : 김락호
디자인 편집 : 이은희
기 획 : 시사랑음악사랑
연 락 처 : 1899-1341
홈페이지 주소 : www.poemmusic.net
E-Mail : poemarts@hanmail.net

정가 : 12,000원
ISBN : 979-11-6284-362-8